저 강물 속에 꽃이 핀다

저 강물 속에 꽃이 핀다

신승근 詩選集

달아실

시인의 말

올봄에도 어김없이 논두렁에 엎드리겠다.
근육에도 섞이지 못하는 사유는 단호하게 버리고,
밭고랑을 토굴 삼아 삼매三昧에 들 것이다.
물까치, 딱따구리, 때로는 뻐꾸기가 도반道伴이 될 것이다.

내 몸이 시가 되어, 한 폭의 풍경으로 설 때까지.

2018년 봄
신승근

차례

1부
언젠가는 저 산의 문을 열고

2부
그리운 풀들

1부
언젠가는 저 산의 문을 열고

이제는 지는 꽃잎에도

이제는 지는 꽃잎에도
눈길 머무네.
퍼지르듯 주저앉은 모란꽃이나
깨끗하게 순절하는 산목련, 그
어느 것인들 목숨 건 생이
아니었으리.

그림자도 지쳐 시드는 햇살 속으로
작렬하듯 살 뿌리는
꽃잎을 보네.
멸망하는 아름다움이 있다 하기로 저
혼절하는 꽃잎에야
어이 견주리.

생애의 절정에서 폭발하는
영혼만큼, 아름다운 것 또
어디 있으리.

생애

내 육신의 집이 흔들린다.
창문을 열고
오랫동안 들녘의 바람 맞았다.

생애가 빛나는 집들의
방문에는 포도주 빛 나날들이
오랫동안 담겨 있었으나

뿌리를 드러낸 채
언덕배기에 걸렸던 집들은 모두
철거되었다.

생애가 온통 허름했던
내게도 이제
철거반들이 다녀가리라

그날이 언제일까.

누추한, 그러나 행복했던

느릿느릿 타 들어오는
저녁 햇살에 눈썹 태우며
오늘도 다 지나가는구나, 하는데
생애가 반듯했던 집들의 햇살은
어땠을까.
기대인 벽조차 스멀스멀
등뼈 사이로 스며드는 저녁.
홍건히 젖은 시간 위에 엎드려,
그리운 것들은 다
저 바람 속에 얹어 두고
나, 오랫동안
이대로 있어도 좋겠다.
누추한, 그러나 행복했던 생애였다고
말할 그날에도
천천히 흘러가는 햇살 속이라면
나, 느릿느릿 걷고 또
걸어가겠다만.

꽃잎처럼

산목련 몇 잎이 피었다 진다.
봄이 간다고,
수런수런 몸 뒤집는 자작나무
어린 발을 적시던 봄물이여
내게 오르라.
나도 한 번 자지러지게
지고 싶나니.

어느 것인들

어느 것인들 생 아닌 게
있었으리.
이름 없이 지는 저
풀꽃들이나
지천으로 깔려 있는 강가의
자갈돌이나
수렁 위를 떠다니는
개구리밥까지도
어찌 눈물 섞인 날들
없었으리.
민들레,
그 노오란 바다에 빠져
죽은 나비 한 마릴 보면서
풀잎마저 이슬에 자꾸
젖는 걸 보면
사람만이 희망은
결코 아니리.

우리가 저 강물처럼

저 강물 속에 꽃이 핀다.

구름 지나가는 자리마다 청자 빛 하늘이 떠오른다. 줄지은 자작나무 숲을 헤치며 피라미 떼가 검은 산 밑을 뚫고 간다. 구름 속에서는 산수유도 핀다.

길 아닌 길이 저 강물 속에 있다.
그 길로 들어가면 흔적 없는 발자국만 남겠지. 그러나 갈 수 없는 물의 나라.
엎드린 채 손을 저어 본다. 작은 물결이 풍경을 지우며 강을 건너간다. 그런 다음 다시 길이 열리고, 뜬금없이 일그러진 얼굴 하나가 떠오른다.

우리가 저 강물처럼 흐를 수만 있다면,
우리가 저 강물처럼 적요할 수 있다면
저 밑바닥, 가라앉은 풍경 속에서도 오랫동안 머무를 수 있으리니.

그러나 우리는 지금 물 밖에 있다.

눈

그가 누군들
정면으로 두 눈을 바라볼 수
있겠는가.
그의 생애가 슬로비디오로
다가오는 것을
어찌 뜬눈으로 견딜 수
있겠는가.
나 또한
허름한 생애를 디밀 수가
있겠는가.

단풍

앗, 가을이다.
느닷없이 누가 등을 떼밀어
벌판 끝에 나를 세우고는,
각혈하는 나무들의 피투성이를
오랫동안 바라보게 한다.

저 숲으로 한번 걸어가 보자.
오래 전에 세상 밖으로 나간
사람들의 발자국을 따라.

저렇듯 불타는 생애가
온몸으로 폭발하는
생애가
또 다시 있다니.

어느 날 문득

어릴 때 걸려 넘어졌던 돌멩이 하나가
문득 그리워
그날의 강둑으로 가 보았네.
알몸의 내가
부서지는 햇살을 깔고 앉아
모래무지를 움키는 동안,
담배 연기는 몇 조각의 구름을
펼쳐 보이면서 나를
기억의 더 깊은 골짜기로
밀어 넣었네.

어느 날 문득 그대에게도 세월이
틈을 보여 주거든
가던 길을 멈추고
그 사잇길로 들어가 보게.
숨 가쁘게 달리다가
잠시 발을 빼고 싶을 때,
욕망의 무게를
덜어내고 싶을 때

바로 그때,
연鳶줄을 끊어 버리듯
세상을 놓아 보게.

어느 봄날

민들레가 노오란 물을 뿜는
어느 봄날
먹물 옷이 썩 어울리는
사미승 하나가
지팡이를 끌며
산문을 나서는데
그림자에도 새싹이
파랗게 돋아나는 거라.

외딴집

그가 세상을 버렸는지
세상이 그를 버렸는지
알 길이 없어
저어기 소슬하게 앉아 있는
외딴집에게
말 붙여 보았더니
내 안에도 집 한 채가
저물고 있다 하네.

빈집

집이 가고 있다.
빈집 하나가 소슬하게
지고 있다.
찔레나무 덤불이 정지문을 열고
들어간다.
시렁 위에는 새가 집을 짓고
안간힘으로 입 벌리는
저 새 새끼들 때문에
집은 비스듬히 반쯤에서
멈추는구나.
바람도 이따금은 쉬어가리라.
바람과 함께
처마 밑에 척 걸터앉아
대처로 나간
주인을 생각한다.
안간힘으로 입 벌리며
지금은
무슨 생각을 먹고 있는지.
둥지는 제대로 틀고

앉았는지.
빈집의 안부도 더러는
생각는지.

욕망

이 세상
모든 아름다운 곳에는
사람들만 앉았구나.
새들도 짐승들도
너무 눈부셔
비켜 가는 그곳에.

이젠 가야 하리

이젠 가야 하리.
산의 숨소리가 거칠게
들리기 전에.
저 너른 강물의 품이
느슨해지기 전에.
돌아가 그와 함께 숨쉬며
나란히 누워야 하리.
꿈속에서나 만나던
쑥대밭 같았던 논두렁아
잘 있는가.
황새처럼 귀밑머리 허옇던
친구들아 잘 있는가.

귀향

소쩍새 울고
나 긴 잠에서 깨어났네.
해 뜨는 쪽으로 쏠려 가는 들판,
내 방의 창문도 일제히
비명을 지르며 펄럭였네.
밀려드는 햇살 더미에 파묻혀
오랫동안 일어설 수 없었네.
낯선 풍경이었네.
살아 있다는 것이
기적이 되던 곳에서
풀쑥구렁으로
돌아온 날의 설렘이
먼 산을 자꾸 바라보게 했네.
그때였네.
유년이 불쑥 해맑은 얼굴로
너른 강을 건너오고 있었네.

옥갑사 玉甲寺 1

치렁치렁한 물길을
머리에 이고 올라가면
흘리는 땀만큼 청정해지는
그 자리에,
가난하고 허름해서
따뜻한
절 하나 있습니다.
아름다운 이름에 끌려
오른 이들은
옥갑사에 와서 옥갑사가
어디냐고
묻습니다.

옥갑사玉甲寺 2

내 안의 원숭이가 말을 건다. 가자, 가자. 저 깊고 아득한 곳으로 산수유 나무가 봄물을 노랗게 게워낼 즈음이면 어김없이 찾아와 처진 어깨를 다독이며 자꾸만 가자고 한다.

청정한 물소리가 드높게 숲을 이루는 옥갑사 마당가에 다다라서야 원숭이는 내 몸을 빠져나와 꼬리를 내리고는 법당 뒤로 사라지는 것이다.

너는 누구냐.

네가 끌고 온 것은 무엇이고.

옥갑사 댓돌 끝에 앉아 흘러가는 산맥을 물끄러미 바라보는 나에게 홍두깨를 불쑥 내미는 저것은 또 무엇이란 말인가.

옥갑사玉甲寺 3

아직도 걸어서 오를
절이 있다는 게
신기하기도 하여
목구멍까지 차오르는
숨을
가까스로 몰아쉬려는데,

스님께서는 이렇게 말하는 것이다.

— 올라오는 동안에 기도는 끝난 거라
그 마음만 데리고 그냥 내려가시라

고향

언제라도 달려가
몸 던질 수 있다네.
그대 심연에 다다르면
하염없이 난
작아질 수 있다네.
눈부신 햇살 속으로
팔 벌려 투항하는
미루나무 잎, 잎들이
발작하듯 자지러지는
신작로 위를 나
맨발로 다시
걸을 수가 있다네.
은빛 배 뒤척이는
유년의 봄 강물 따라
그렇게 하염없이
흐를 수도 있다네.
큰 강물이 작은 실개천에게
몸을 허락하듯이
언제나 내 앞에 서면

몸 허무는 그대에게
하룻밤 사무치자고
고백하고 싶다네.

유배의 나라

나라가 파망破亡했다.
하늘과 땅이 뒤바뀌고 검붉은 피가
산하를 뒤덮었다.
이고 진 사람들이 꼬리를 물고
깊숙한 골짜기로 들어갔다.
더러는 기슭에 짐을 부리고
더러는 등성이에 불을 놓았다.
기둥을 세우고 풀로 덮었다.
골짜기 건너
등성이 너머
하나둘 창문에 불이 켜졌다.
밤마다 도깨비불이 창궐한다는 소문이
나라를 다시 불안케 했으나
이윽고 봄이 오고 사람들은 바빠졌다.
세상도 그들을 잊은 지 오래
골짜기 건너
등성이 너머
섬처럼 떠다니던 사람들은 저마다
나라 하나씩을 세웠다.

주인과 백성이 하나인 나라,
착취와 굴욕도 없는 나라,
끝끝내 멸망하지 않는 그런
나라가 깊은 산자락에는
지금도 있다.

도원으로 가는 길

도원桃源으로 간다.
정선의 옛 이름은 도원이다.
산 설고 물설던 새외塞外의 땅은 이제
변방이 아니다.
백두대간의 척추를 타고 내려와
소용돌이로 뭉친 단전丹田에 도원은 있다.
사람들은 도원에 이르러
복사꽃 만발한 꿈을 찾지만
보고도 보이지 않는다고 말하는 순간에도
도원은 복사꽃을 그의 눈앞에 몇 번이고
펼쳐 보였다.
그대가 이곳으로 오는 동안
만났던 그 질긴 외로움 속에서
혹은 도원을 꿈꾸던 그날부터 이미
당신은, 당신 안에
무릉의 텃밭을 일구고 있었다.
당신이 꿈꿀 수 있는 동안은 그러므로
도원의 복사꽃은 그대 가슴속에서
언제나 핀다.

경배하라. 그대여
이 신성의 땅에 입 맞추라.
그대가 혼신으로 다가설 때, 마침내
이 땅은 그대에게
복사꽃 만발한 도원을 펼쳐 보이리니.

생애가 온통 먹빛인 날은

정선에 와서 비탈밭을
보고 싶거든
암말 말고 벗밭으로 기어올라
보거라.
사방 한 뼘씩도 안 되는 들창문 같은
돌밭이 문지방 너머에 찡겨 있다가,
네가 한 발을 불쑥 내딛는 순간
화들짝 놀라며 산비탈에 비켜
붙는 것을.
눈이라도 소담스레 내려준다면
굴뚝목을 돌아드는 바람이나
쓰러지는 빈집들도 오늘만큼은
보기 좋으리.
사람들이 하나둘
떠난 후에도 쓰러지지 않고
견디는 저 빈집들의 고집.
대처로 떠난 사람들이
둥지를 틀 때까지는 결코
쓰러지지 않으리라

버티는 안간힘 또한
얼마나 아름다우냐.
저리도 기다리는 마음이
묵정밭에 뽕나무를 키우고
추녀 끝에서는 고드름을 자라게 한다.
한나절 볕이 못 견디게 따갑거든
처마 밑에 퍼질러 앉아
비탈밭이나 바라보거라.
그대 외로움이 아무리 크다 한들
땡볕에도 자지러지는 저
돌밭의 몸부림에야 견주겠느냐.
생애가 온통 먹빛인 날에는
암말 말고 벗밭으로
기어올라 보거라.

무량수전

무량수전으로
가는 길.
길도 무량하게 가고 있었다.
가도 가도 쉽게 끝날 것
같지 않은 길 위에서
미루나무 이파리들이
부끄러운 속살까지
까뒤집어 보여줄 때
알 것도 같았다.
법당 안 부처님이
돌아앉아 있는 뜻을.
민망하기로서야
땀 뻘뻘 기어올라 제 등불만
밝히려는 어리석음보다
더할 바가 없을 터.
차라리 돌아앉아
풍경 소리를 차며 날아가는
새 떼들이나
보시겠단다.

신화 1
― 계룡잠鷄龍岑

사람들이 하나둘 안개 속으로 사라졌다. 늙은이들과 아이들만 남아 오랫동안 슬퍼했다. 빈집들이 늘어나고 개 울음소리도 차츰 개울물 소리에 지워졌다.

구름이 언제나 골짝을 덮고, 창창히 우거진 숲들은 쉽사리 길을 열어 주지 않았다. 간밤 굴뚝 연기를 보았다는 빈집에는 그을음 냄새만 마당에 가득했다.

돌아오는 사람은 없어도, 연기처럼 피어나는 소문은 온 마을을 뒤덮었다.

〈골짝 어디쯤 계룡잠이 있다. 비결을 좇아 많은 사람들이 찾아들었다. 누구는 선연仙緣이 있어 계룡의 울음소리를 들었다. 방사方士들이 모여들어 불사약을 다리는 연기가 드높다.〉

세상이 참절할수록 계룡잠은 자욱한 안개를 우리 앞에 끝없이 펼쳐 보이리라.

신화 2
— 갈왕산葛王山

입산入山했다는 소식 인편에 듣고 갈왕산을 보네. 아름드리, 귀 달린 뱀은 만났는지. 뒷집 할아범은 지난여름에도 보았다는데. 영산靈山은 분명 영산이라는데. 자네도 그 말 믿고 들어갔는지.

산머리가 이고 서 있는 저 구름 속 어디, 자네조차 허물을 벗고 있는지. 아무리 누추한 집이라 한들 버릴 수 없는 우리네 육신이 아니던가. 몸은 내가 아니라 내 것이니, 홀홀 벗어 던지자는 그대의 말. 난 아직 알 수가 없네.

분명한 것은, 저녁이면 아스라했던 저 능선이 새벽이면 삽작 어귀까지 자꾸 내려온다는 게야. 안개까지 데리고.

사람들도 하나둘, 그 산을 바라보는 일이 많아졌어.

신화 3

허름하게 낡아 갈수록 더욱 빛나는 생生도 있다.

무량수전의 배흘림 기둥에 기대어, 감은사지 석탑이나 혹은 석굴암, 그
보다는 더 젊어 뵈는 운주사의 와불들을 떠올리면,
시간을 뛰어넘은 곳에 우뚝 선 비장함이 있다.

사람들은 코를 떼고, 귓불도 뽑아 자신의 운기로 삼는다지만
목 잘리고 팔 떨어지며 견뎌 온 저 쓸쓸함의 무게는 어쩌지 못한다.

간밤에는 누운 석불마저 모두 일어나, 무량수전 앞뜰에 모여 뒤숭숭한
세상사를 근심했다는데,
석굴암은 미처 오지 못해 고개만 외로 꼬고 있었다던가.
수심 가득한 얼굴이었다던가.

신화 4
— 상원산上元山

상원산을 아시나요.

지도에도 나왔다 사라졌다 하는 산인데요, 일천사백 미터가 넘으니 작은 산은 분명 아니지요. 비결서에는 십승지의 하나로 피병의 땅이라고도 해서 많은 사람들이 몰려와 대를 잇고 살아요.

〈태초에, 천지개벽 시에 이 세상이 모두 물에 잠겼을 때에도 상원산 꼭대기는 꼭 숫돌만큼 남았었느니. 그래서 숫돌봉이라고도 부르는 것이고. 지금도 산꼭대기에는 조개들이 보이니 틀림이 없는 말일 터.〉

수미산만큼이나 신성한 땅으로 사람들은 생각하지요. 그 아래에 코를 박고 산다는 것이 은근히 자랑스럽기도 하구요. 세계의 중심에 산다는 믿음이 오죽이나 든든했겠어요.

상원산 신령은 또 여자랍니다. 그래서 남자 심마니가 올라가야만 심을 캘 수 있다는 거예요. 산신각에는 지금도 아름다운 여 신령이 호랑이를 데리고 앉아 있지요.

그 산을 바라보는 날이 많아졌습니다.

언젠가는 저 산의 문을 열고 입산할 때가 있겠지요.

신화 5

할머니가 시집을 오실 적에 그 집을 지키던 지킴이 구렁이가 따라왔더랍니다. 보리밭이 좍 갈라지더랍니다. 한 아름은 실히 넘고, 귀까지 달렸더랍니다.

또 어떤 사람은, 그게 아니고, 시집온 한참 뒤에 할머니 친정집에 불이 났었는데, 지킴이 두 마리 중 한 마리는 마루 밑에서 미처 빠져나오지 못하고 불에 타 죽으니 나머지 한 마리가 눈물을 흘리면서 우리 집으로 할머니를 찾아오는데, 보리밭이 마치 가르마 타듯 두 갈래로 갈라지더랍니다.

그 뒤로 우리 집은 날로 번창했답니다. 통시˙에 기와도 올리구요. 통시에 기와를 올린다는 것은 엄청 잘산다는 얘기거든요. 아무튼 그때부터 우리 집은 가히 신화적이 되었습니다. 우리 집 소를 세는 것보다 콩 한 되를 엎어놓고 헤아리는 것이 빠르다거나, 우리 집 소들의 고삐를 이어놓으면 서울까지 가도 남는다는 둥. 하여튼 요란하였습니다.

그것이 모두 우리 집 지킴이 덕이랍니다.

거친 생을 사는 사람들에게는 때론 신화가 삶의 버팀목이 된다는 것을 나는 압니다.

• 통시: 변소의 옛말

할머니와 낙타

그 옛날 할머니와
화롯가에서 삼을 삼던 날.
그날. 무르팍이 다 닳도록
잇고 또 이어가던
삼실처럼, 밤은 또 얼마나
질기고 길었던지.
사위어 가는 호롱불 너머로
메주 같은 손등 만지며 나는
흑백영화처럼 쓸쓸하였네.
모로만 눕는 할머니의
굽은 등 만질 때마다
낙타를 타고 사막을 건너는
꿈도 꾸었지.
철없었던
그 시절.

메밀꽃 필 무렵 1

봉평 장거리에서
자네를 보았다는 사람이 있어.
나귀를 타고 노루목 재를 넘었다던가.
달빛이 산허리를 막무가내
적시는 동안
메밀꽃이 속살을 다 내비치자
나귀가 먼저 고개를 돌리더래.
자네야 어디
그깟 일에
눈 한 번 준 일이 있다던가.
그래도 이 날만은
나귀를 먼저 보내고
메밀밭 붉은 대궁 속으로
들어가더라는 게야.

메밀꽃 필 무렵 2

효석의 집은 봉평에 없네.
왕자 상회나 삼일 상회 앞을 지날 때면
어김없이 나타나
숨바꼭질하듯 메밀 꽃밭 속으로
꼬리를 감춘다는 당나귀도,
물레방앗간도.
톱밥이 타고 있는 난롯가에서
난장의 장돌뱅이들이 나누던
이야긴즉슨
봉평장도 이제는 파장일세.
트럭들이 나귀 대신 떠나고
나 또한
바람에 떠밀리는데,
달빛 속으로 쏟아지는
방울 소리는
메밀꽃을 비명처럼
터뜨리고 있네.
어쩌겠나.
다음 장도 어김없이
봉평장일세.

어떤 징후

내 안에
초가삼간 지었다가 허물고
또 지었다 허물기를
골백번.
바람 불어 스산한 날
가슴속이 온통
터널이다.
무엇이 지나간다는
기척일까.

나비 한 마리가 세상을

나비 한 마리가 첨벙, 마당 안으로 뛰어 든다. 바람이 순간 숨을 멈춘다. 배경조차 온통 한 곳으로 휘어지더니, 바람을 갈라 길을 열어 준다. 햇살 흥건한 날개를 저으며 나비는 꽃밭 속으로 느릿느릿 헤엄쳐 간다.

한입 가득 햇살을 베어 문 푸성귀들이 일제히 손뼉을 칠 때. 분분분 빛 가루가 나비 등에 떨어져 내린다.

구름 지나간 자리가 드문드문 마당가에 서성인다. 산 그림자도 오후 늦게 마당으로 내려서고, 추녀 끝이 가볍게 고개를 치켜들며 환하게 떠오르면, 우는 아이조차 덩달아 울음 끝을 베어 문다.

나비 한 마리가, 세상을, 이리도 흔드는구나.

호사비오리

동강에 와 눌러앉은 호사비오리는 까마득한 뼝대 끝에 와서 텃새가 되었다. 굴 속 둥지에서 껍질을 깨고 나온 새끼들이 세상에 처음 얼굴을 내밀 때, 그들의 비상은 자못 엄숙하다. 깨금발로 절벽 끝에 서서 세상 속으로 먼저 내려간 어미를 따라 온몸을 허공에 던진다.

아름다워라.

누가 적멸이라 했는가. 숨이 딱 끊어지는 저 낙하를, 목숨 건 투신을. 아아, 부끄러워라. 우리들 생애가 너무 누추했구나. 세상에 무사히 안착한 새끼들, 더러는 어미 등에 타고 더러는 꼬리를 물고 물살을 가른다. 세상의 소풍이 시작되었다.

동강에 가거든, 호사비오리 새끼들이 뛰어내린 저 까마득한 뼝대 밑에 앉아 시간이 어떻게 사라지는가를 보아라.

물의 마을

아름다운 물의 마을
가수리佳水里에 가면
동강의 물이 되어 흐르고 싶어진다.
흐르다 지친 몸이
때로 뼝대 끝에 닿는다면
그대로 멈춰 서서 잠들고 싶어진다.
산 끝에서 산 끝을 물고
돌아가는 수심水深처럼
우리들 생애 또한 깊어질 수 있다면,
물밑 자갈돌처럼이나
맑아질 수만 있다면 어찌
더딘 물길이라고 흘러가지 않겠는가.
수백의 폭포가 몸을 던져
그들의 거친 생애를 동강에 맡길지라도
산과 나무, 구름에게조차
몸을 허락하는 강물처럼
우리도 함께 섞여 흘러 보지 않겠는가.
물의 끝이
그 어디인들 어떠랴.

물 끝까지 가닿을 수 없다 한들
또 어떠랴.

아, 동강

동강에 와서
그 큰 물굽이를 돌고 돌아
적멸에 닿아 본 적 있는가.
옥양목 빨래 같은 장광에 앉아
건너 뻥창에서 떨어지는
낙엽 소릴랑
들어 본 적 있는가.
강물도 잠든다는 자정 넘어
별들만 우수수 발을 씻는
소리를.
아아, 달빛에 가슴 썰리는
적막함이여.
동강에 와서
호사비오리가 우는 소리
들어 본 적 있는가.
천천히 아주 천천히 흐르는
강물을 따라가면
세월도 멈춰 서는 그곳에는
영혼도 벗어버린 물고기들만

고요히 고요히
헤엄치고 있으리니.
나 또한 육신을 벗고
호사비오리처럼
카루루 카루루 날아 보거나
흰목물떼새 따라
저 옥양목 같은 장광을
뛰어 보지 않으리.
아, 동강의 저 적멸 속으로
걸어 보지 않으리.

두고 온 내가 그리워

골짜기가 문을 열어 주기 전에
마음의 창을 먼저 열어야 해.
내장을 다 드러낸 물길이
내 안을 통과하며 일러주었네.
송사리들도 바위틈에서 걸어 나와
햇볕에 눈길을 주는
이른 봄날
끊일 듯 끊일 듯 숨 가쁜 길이
산모롱이에 가까스로 걸려 있네.
지나온 길가에 두고 온 내가
문득 보고 싶어 돌아다보면
산목련 그늘에 여적지 싸여 있네.
물길은 그러나 더 깊이 나를 부르고
이쯤에 머무르고 싶은 마음은
돌로 눌러 두고
부르는 소리 따라 더 가야만 하리.
골짜기가 다할 때까지는 얼마나 더
나와의 이별을 준비해야 할까.
가도 가도 끝 모를 이 길을

벗어 둔 마음들이 그리워서도
나 이제 이만큼에서
쉬어야겠네.

노추산

노나라 사람 공자와
추나라의 맹자까지 불러와
산 하나를 지었다.
신라인 설총과
조선인 율곡도 다녀갔다.
생애가 온통 뒤숭숭한
사람들이나
시대가 하 수상하다는
사람들은 지금도 찾아든다.
구절리행 열차가 마지막
비명을 지르며
가파르게 멈추는 동안
고등어자반 같은 육신을
개찰구로 내미는 순간
노추산은 이미
그 앞에 달려와
등을 내밀어 업히라 한다.

구절리 1

기차도 이제는 추억이다.
폐광의 땅으로 스며드는
도마뱀의 잘린 꼬리처럼,
두 칸짜리 혹은 한 칸짜리의 저 막막한
외로움을 붙들고
단풍 속으로 투항하는,
손만 들면 설 것 같은 속력으로 불어제치는
대금 소리 같은,
가을 햇빛 같은,
눈물 찔끔 날 것 같은,
그런 날의 구절리행 완행열차여.

구절리 2

스며들 듯 꼬리를 내리고
들어가야만 하는 나라.
이빨 빠지듯 푹푹 꺼져 버린
하꼬방을 지나노라면 불현듯
뒷덜미가 서늘해지는 나라. 누군가
장총을 겨누고 있음직한
그런 음산한 골목 어귀에서
휘파람 소리라도
들린다면,
더 이상 도달할 수 없는 절망 끝에
차라리 돌아서서
정면으로 총을 맞이하고 싶은
그런 나라가 있다.

법

햇살 무거운 어느 늦은 오후였는데요. 버스 정류장 안에서 한 할아버지가 담배를 피우시는데, 연기가 우리나라 지도를 그리며 햇빛 속으로 흘러가는 거예요. 그러자 한 청년 경찰이 다가와 금연 지역이라고 말리지 않겠어요. 그래도 할아버지는 더 멋드러지게 이번에는 푸른 강물을 창문으로 흘려보내는 거예요.

그러니 경찰 청년이, 할아버지, 이곳은 법으로 금지된 곳입니다. 그러니까.

법은 무신 법. 그럼,
통일법 멩글먼 통일된다던. 아, 이러시는 겁니다.

우리는 자꾸만 다가올 미래에 갇히다

우리는 자꾸만
다가올 미래에 갇힌다.
담배를 피워야겠다는 생각에
그 다음엔 커피를 마시고
그녀에게 전화도 넣어야 하고
수첩을 뒤적이면서, 끊임없이
잊은 게 없는가를 걱정하고.
그 다음엔, 그 다음엔
하는 동안
감옥은 늘, 그 시커먼 입을 열고
우리 앞에 서는 것이다.
바로 이 순간을
게으르지 못하고
바삐 감옥으로 걸어가야 하는
안타까움이여,
술잔에 별이 떨어지기 전에
또 하나 가득 채워야 하는
초조함이여.
옛날에는, 옛날에는

하면서 과거 속으로 투항하는 지옥보다는
그래도 나을 거라고
위로해야 하나.
생은 어차피 감옥이라는 말을
믿어야 하나.

두께 없는 삶도 있을까

사람과 사람 사이
혹은 사물과 사물 사이를
걷다 보면 불쑥 나타나
목덜미를 획 하고
낚아채는 게 있다.
무슨 징후, 어떤 낌새랄까
도무지 형언할 수
없는 예감 같은 그것이
느닷없이 다가와
등줄기에 살얼음을 돋우는데
아뿔싸,
내가 지나온 길 위에
떨어졌던 저 많은 비늘들이
모두 그것들의 시체라니.
적의로 날아와
박혔다가 떨어진 자리가
채 아물기도 전, 이번엔
번뜩이는 비수로 파고드는
저 망할 놈의 기미를

어찌할까. 도대체
디룩디룩 매달린 이 욕망의
비계를 잘라내고 사람과
사람 사이, 혹은 사물과
사물 사이를 두께 없이
걸어갈 수는 없을까.
차라리 멀찌감치 떨어져
섬처럼 바라볼 수만은 없는 것일까.

퉁드란

그대는 바다다. 퉁드란
아무 뜻도 모른 채 놀려 불러도
우리 앞에 평화롭던 그대는,
그대의 등때기는.
흰 돛을 단 배들도 몇 척쯤 떠서
잠들곤 하던
우리들의 바다여.
잠들면 무한해지는 그대 등에서
평화로웠던 우리들.
그대의 키가 우리만 해지고
우리들 마음도 그대만 해지도록
자주 가라앉던
오랑캐 이름 퉁드란.
이제 다시
그대 등에 엎드리고 싶어라.
엎드려 바다 밑을 헤엄치고 싶어라.
지금은
어디쯤에서 일렁이는가
그대여.

수류재

흐르는 것이 어디
강물뿐이랴.
아침이면 성큼 다가와
문안하는 앞산이나
밤마다 처마 밑을
서성이는 별빛 또한
낮은 곳으로 더 낮은 곳으로
내려와 쌓이나니.
마당 깊어, 게으른 날
고이는 바람처럼
느릿느릿 한 세상
흘러 보면 알리라고
수류재, 너 나지막이
햇살 털며
앉았더라.

2부
그리운 풀들

풀꽃 1

걸어서 갔지만 큰 꽃들은
보이지 않았다.
민들레, 패랭이, 꽃다지만 작열했다.
숨죽여 작은 손을 접어
인사를 했다.

공기 같았다.

풀꽃 2

큰 꽃들은
혼자 있지 않았다.
상처가 크기 때문이라고.
바람의 눈가를 적시는
각시풀만 홀로 있었다.
아주 작은 상처의
영혼들만
홀로 있는 거라고.

풀꽃 3

아우슈비츠에서도
아오지에서도
오월의 금남로에서도
피었던 풀꽃이
보이지 않는다고
보고도 보이지 않는다고
꽃 하나도 제 자리에 못 두는 이 땅에서

그러고도 너희들은.

풀꽃 4

질통을 지고 오르던
판자 위에서
아하, 저눔이
무슨 맘에 저눔이
별처럼 모래 위에 살 뿌리며
사는지.
무슨 꿈이 있어 저눔이
무슨 힘으로 저눔이
내 가슴에 뭉클한
샘 하나를 파는지.

풀꽃 5

내가 너를
바라보는 것은
네가 내 속에
들어와 자리 틀고
앉을 때 오는
그리움 때문.
그러고 나면
널 버리고
어디론가 가지.
네가 나를 안는 서러움이
싫어서이니까

슬프지 마.

민들레가 민들레에게

저문 들판을 메고
너는 어디로 가느냐
민들레여.

바람을 만지듯
공기처럼
아무것도 아니고
아무것도 아니게
그대와
나 사이
별이 뜬다.

죽음처럼 낭자한
달빛 끌며
너는 어디로 가느냐
민들레여.

장자의 나비

탱크 위에 핀 풀꽃처럼
저만큼
앉아 있는 너에게
바람도 머물지 않는
작은 들판에.
어둠만 지속되는 나라에
가고 싶구나.

풀무치 울음 지우는
달빛처럼
네 작은 가슴을
열어 보고 싶구나.

작아지고
작아져서
한 뼘만 한
초록별 바다 위를
헤엄치는
푸르디푸른
나의 나비여.

장자의 새

보이지 않음으로 아주 크다는
장자의 새여.

난장이의 나라에서는
거인의 네가,
거인의 나라에서는
난장이의 네가
꿈이 되고 하늘도 된다더라.

서로가 서로의
급소를 움켜쥠도
사랑이라지만
차라리 눈을 감아
그리움만 크느니

너도 보이지 않음으로
하늘이 되어라.

너는 믿지 않겠지만

하늘 한가운데
손을 넣으면
내 손이 아프다
눈이 부시게.
이만큼
이만큼
떨어져서 너를 보지만
멀어지지 않는다.
가까이.
너는 더욱 가까이
나를 흔든다.
네가 하늘이고
내가 한 뼘만 한 그늘이고
네가 까마득한 들판이고
내가 그 속에
눈에 넣어도 아프지 않을
풀꽃이고.

시는

엽서를 쓴다.
봄에 나면 여름에 죽고, 여름에 나면 가을에
죽는 쓰르라미에게
눈 내리는 겨울 산이 눈부시다고.

아침에만 살아 있는 버섯에게 엽서를 쓴다.
해거름 어깨에 실리는 저녁 빛이 아름답다고.

부질없이 별빛 처연한 창가에 서면,
그대 속에서 저녁연기처럼 피어나고 싶다고.
쓸리는 바람이고 싶다고.

쓰르라미처럼 가늘게
버섯처럼 엎드리어

아득하여라.

부부

꽃 하나를 바라보는
일은, 행복하다.
내가 나의 껍질을 벗고
그의 안에 들어가
그와 하나가 되는
일은.
그와 함께 온화한 햇빛을
받는 일은.
그와 함께 시들며
오래
살아남는 일은.

셔터

후박나무
잎 푸른 그림자 밑을 지날 때까지
너를 놓아 주지 않으리라,
숨죽여
너를 가둔 내 눈이 시려
손이 떨린다.

저만큼 서서
가녀린 손을 접는
너에게
셔터를 누른다.

하늘이 푸르구나,
눈이 부시다.

틈

장작을 팬다.
정수리에서 마른 휘파람 소리가 난다.

결과 결 사이
틈이 있다.

그 속으로
혼신의 나를 밀어 넣으면
환하게
깨어진다.

깨끗하게 활강하는
휘파람새의
우아한 곡선.

거문고

한 소리 들어가면
또 한 소리 나갑니다.
바닷모래 썰리는 썰물 같다가
창천에 머리 심는 산울림 같다가
흐린 귀 씻어서 별이 되다가

끊어진 새 한 마리 수평으로 흐릅니다.

외로움에 관하여 1

돌을 던지면
깨끗한 소리가 난다.

하나 가득
파아란 바람이 불고

가슴이 작은
꽃이
하나둘
지워지는
나라.

외로움에 관하여 2

물방울이
하나
눈썹에 닿는다.
물방울이
물방울의 얼굴을
만지며
웃는다.
무게 없는
그리움이
지워지는
물방울이
깨우는 암흑,
혹은
작은 별
하나.

외로움에 관하여 3

한 줌의
공기로 머문다. 세상에

주먹을 펴면
이름 모를 별들이
와 쌓인다.
가슴 빛 깨끗한
돌이
반짝인다.

한 줌의 공기로
아름답게,
아름다움이 아름다움처럼
세상에.

김종삼 1

성남동의 풍경이 삐끗했다.

〈나 지은 죄 많아
죽어서도
영혼이 없으리.〉

그대의 영혼이
첨탑 위에서
낙수로 졌다.

절룩이는 마음들이 모여
날아가는 푸른 깃의
그대를
보았다 한다.

김종삼 2

나 그때 성남동에 있었다.
거리가 훤히 보이는 창가였다.
가로수조차 땀에 젖는
여름이었다. 그날
김종삼이 죽었다는 전화를 받았다.
구겨진 채 의자 속에 담겨 있었다.
기다리던 친구는 끝내 오지 않았다.
차라리 오지 말았으면 했다.
그래야 될 것 같았다.

책방에서도 김종삼은
떠난 지 오래라고 했다.

끈

그물코를 꿰매면서
아버지는
아침에 잡았던
등 푸른 생선을 보고 계셨는가.
평생을 걸고 산
목숨의 때를 보고 계셨는가.
바다는
모래펄에 나와 잠들고,
잠들지 못하는
내가 나와 앉아
아버지와
아버지의 아버지를 가둔
그물을 풀고 있다.
아버지와 나를 묶은
생애의 질긴 실밥을
뜯고 있다.

그러니 껴안을 수밖에

살아갈 날들보다
살아온 날들이 어려워
밑으로만 긴다.
앞으로 가기보다
제자리 서기 더 어려워
옆으로만 긴다.
무엇이 보고 싶으냐.
엉성한 게 다리
껴안을 수 없으니
껴안을 수밖에
세상이 온통
모래뿐이니.

초록빛 어둠

쾌활한 바람이
한 무더기 지나갔다.
물 바닥이 조금씩 흔들렸다.
붉은 지느러미의
노을이
물 갈피에 접혀서
헤엄치는 것을 보고 가다가
괜히 한번 쳐다보곤 하던
눈시울 뜨겁던
내 유년의 뒷동산.
어둠도 초록빛으로 왔다.

나비 1

모든 죽음을 먹고 자라는
삶은 가열하다.
허물을 벗어 던지고
나비는
가장 가벼운 육신으로
지상을 뜬다.
존재는 죽음의 끝에서만 문득
가벼워지는 것인가.

오오 참을 수 없는
존재의 가벼움.

나비 2

어제는 문득
뒤껼을 돌아가는
헐거운 내 육신을 보았습니다.
낡아서 편안했던
허름한 우거에서 나는
너무 오래 살았습니다.
이젠
깨끗한 영혼
한 마리 나비나 되어
훨훨
풀밭 위를 날아 보고 싶습니다.

상처뿐인 육신이여
그러면
안녕.

화두 1

달마는 면벽구년에
세상을
밀어냈다지만,
벽을 문이라고 차면
문이 된다는
네 말은 어떨까 몰라.

화두 2

삽작 어귀도 쓸고
댓돌도 쓸고
방 안도 거울처럼
쓸고 닦았다.
벽 속의 달마가 말하기를
웬 쓰레기가
이리 큰 것이 앉았는고.

화두 3

벽 속에도
벽 밖에도
담장에도 굴뚝에도
달마만 보였다.
구들장에도 서까래에도
하늘에도 땅에도
그리운 별은 또 어떻고.
베어도, 베어도
달마는
비처럼 내렸다.

화두를 놓았다.
달마도 벽도
간 곳이 없다.

화두 4

오늘은 먹을 갈다가
맑은 달 하나
건졌습니다.
젖어 창호지에
걸었더니
지나가는 새가
발목을 적시고
갑니다.

화두 5

누군가 물었다.
젖은 달 하나를 샘물에서 건지며
손가락을 저으며
씨익 웃으며.

은유의 나라

은유의 나라로
가고 싶다.
그곳에선 내가
소나무고, 민들레고,
구름이고
바람이다.
그대는 별.
사무치는 그리움이 되어
너에게로 간다.

나에게 영혼이 있다면

나에게 영혼이 있다면
꽃과 바람에게, 혹은
나비에게도
네 안에 머무르고 싶어
하고 말하면
꽃도, 바람도
나비도 되는
그런 영혼을 갖게 하소서.
그리하여
오늘 밤은 또
풀꽃들과 뭇별들까지
내 안에 찾아와
자리 펴게 하소서.

정선 아라리 1

청돌靑돌을 지고 일어서다가
그만 흘리고만 초록 피의.
시앙철 지붕을 밟고 가는
자욱한 머리칼의. 바람의.
아우라지 백사장에 머리채를 쏟으며,

아아, 달빛에 가슴 썰리는
패랭이꽃 하나야.

정선 아라리 2

아우라지 강둑에 와서
굽이치는 물이 되어 휘돌아 보라.

가슴부터 하얀 자갈밭에 와서
맨발의 바람 되어 머물러 보라.

슬픔이 풀어져 안기는 산덜미로
그리움만 자욱하게 걸리는 숲으로
기우뚱 기우뚱 떠메 가는 바람 소리

하늘 소리, 땅 소리, 물소리를 들어서
검은 산 그리메에 처박아 보라.

뿔과 아이와 고삐

황소 뿔에 받힌 해가
뿔보다 먼저 지워지고 있다.
멀리 무거운 벌판이 지워지고 있다.
어두운 아이의 손에서 고삐가
반쯤 지워지고 있다.
그중에 지워지지 않는 길이 하나 보인다.
그 길로 뿔과 아이와 고삐가 가고 있다.

바람이 접시에 닿고 있을 때

바람이 접시에 닿는 소리로도
당신의 마음을 안다.
손끝의 떨림보다 확실하게 닿는
그리움의 깊이를 나는 안다.

소리 나지 않는 휘파람 소리를 들려다오.
휘파람 입술에 갇힌 주제가 분명하게
가라앉는 혀로 전해다오.

깨어지지 않고 견디는
유리컵의 잘디잔 물방울처럼
나는 당신의 눈빛 속이다.

바람이 접시에 두 번 닿고 세 번 닿고
또 닿고 있을 때.

소리

때로 소리가 되어
집을 나선다.

큰길에서 양철통의
바람을 만나고
겨울을 거기서 만나고
잃어버린 손으로 애써 장갑을 낀다.

바람에 얼굴은 떠내려가는데
열 손가락을
활짝 벌려 건져도, 건져도
손가락 사이사이로
얼굴은 빠져나간다.

엿장수의 손 위에서 부서지는
낯익은
골목길에 떨어지는 소리.

흰 고무신을 끌며

하늘 끝에
귀를 모으는 아이를 만난다.

아이는 소리가 된다.

바다 일기

1

바람 한 갈피
흰 모래밭을 파헤치고 있었다.

뜨거운 피는 모래 속에 잠기고
핏빛 새 한 마리 날아들고 있었다.

비틀거리는 해안선이
완곡하게 휘어지고 있었다.

2

생선 비늘 몇 개가
바닷속을 헤엄치고 있었다.

수백 개 해파리의 눈들이
바위를 뜯어내고

해파리는 해파리로
바위는 바위로 견뎌내고 있었다.

3

목선은 또
수평선 끝에 닿고 있었다.

새빨간 잉크 빛이 몇 점
돛대 끝에 내려앉고 있었다.

4

바다는 세 쪽 네 쪽
또다시 수천 개로 갈라지고 있었다.

시푸른 풍선이
퉁겨 오르고 있었다.

아아, 캄캄하게
내가 서있는 부두가 부서지고 있었다.

5

노래도 들리지 않고
바다도 보이지 않고

하늘이 떨어지고 있었다.
바다가 일어서고 있었다.

또다시
하늘과 바다가 헤어지고 있었다.

6

보이는 것은 보이지 않는 것뿐이다.
들리는 것은 들리지 않는 것뿐이다.

오오 대낮에도
잠드는 바다

바다는 모래밭에서
다시 깨어나고 있었다.

하늘이 푸르구나 눈이 부시다

정승옥

강원대학교 불어불문학과 명예교수

나는 내 시가 무언가를 묻기를, 그리고 그 시의 절정에서 그 질문이 응답되지 않은 상태로 남기를 원한다. 질문에 답하는 건 독자의 몫임이 작가와 독자 간의 약속에 명시되어 있음을 분명히 해주기를 원한다. 나는 내 시가 고동침을, 숨차오름을, 세속적인 기쁨의 순간을 담기를 원한다.

― 메리 올리버(Mary Oliver, 1935~)

구름과 노을의 아로새긴 빛깔은 화가의 오묘한 솜씨보다 더 낫고, 풀과 나무의 빛나는 꽃에는 비단 장인의 기묘한 재능이 필요 없다. 어찌 외면을 꾸밀 필요가 있으랴? 자연스러우면 그만이다.

― 유협(劉勰, 465~521), 『문심조룡(文心雕龍)』 제1편 「원도(原道)」 부분

1

신승근 시인의 이번 시선집 『저 강물 속에 꽃이 핀다』에는 그동안 시인이 냈던 네 권의 시집 중에서 시인이 직접 고른 72편이 실렸다. 『언젠가는

저 산의 문을 열고』(2001)에서 45편을 뽑아 〈1부〉로 하고, 『그리운 풀들』
(1988)에서 21편과 그 시집을 전후해 출간한 두 권의 시집에서 15편 그리
고 『언젠가는 저 산의 문을 열고』에 있는 시 한 편(「김종삼」), 모두 37편으
로 〈2부〉를 엮었다. 신 시인은 2001년 이후에도 여러 시편을 발표했으나
이번 선집에는 싣지 않았다. 이번 시선집에 실린 시편의 배열은 시집 출판
일 순이 아니라 역순으로 하고 있어, 마지막 시집 『언젠가는 저 산의 문을
열고』에 실린 시들이 시선집의 앞쪽에 자리를 잡고 신춘문예 당선작이며
첫 발표시인 「바다 일기」가 시선집의 마지막 자리를 차지하였다.

등단작 「바다 일기」. 2행×3연, 6행시 여섯 편으로 되어있는 이 시(신 시
인의 기존 시집들에 있는 시 가운데 이런 형태의 시는 어디서도 보이지 않는
다. 다음부터는 이 정도 길이라면 6편의 시로 나타날 것이다)는 1992년까지
전반기 시들과 그 이후의 시들, 이를테면 신승근 시인의 시세계 전체를 관
통하는 시학이 무엇일지 이미 알게 하며 동시에 후반기 시에서는 희미하
지만, 전반기 시에서는 뚜렷한 시작법이 무엇인지를 알려준다. 길지만 시
인의 데뷔작이니만큼 전문을 적는다.

1 바람 한 갈피/흰 모래밭을 파헤치고 있었다.//뜨거운 피는 모래
속에 잠기고/핏빛 새 한 마리 날아들고 있었다.//비틀거리는 해안선
이 완곡하게 휘어지고 있었다.

2 생선 비늘 몇 개가/바닷속을 헤엄치고 있었다.//수백 개 해파리
의 눈들이/바위를 뜯어내고//해파리는 해파리로/바위는 바위로 견

며내고 있었다.

3 목선은 또/수평선 끝에 닿고 있었다.//새빨간 잉크 빛이 몇 점/
돛대 끝에 내려앉고 있었다.

4 바다는 세 쪽 네 쪽/또다시 수천 개로 갈라지고 있었다.//시푸른
풍선이/퉁겨 오르고 있었다.//아아, 캄캄하게 내가 서있는 부두가 부
서지고 있었다.

5 노래도 들리지 않고/바다도 보이지 않고//하늘이 떨어지고 있었
다./바다가 일어서고 있었다.//또다시/하늘과 바다가 헤어지고 있었다.

6 보이는 것은 보이지 않는 것뿐이다./들리는 것은 들리지 않는 것
뿐이다.//오오 대낮에도/잠드는 바다//바다는 모래밭에서/다시 깨
어나고 있었다.

　　　　　　　　　　　　　　　　　　　　—「바다 일기」 전문

'6'의 첫 연을 보자.

　"보이는 것은 보이지 않는 것뿐이다./들리는 것은 들리지 않는 것
뿐이다."

보이는 것과 보이지 않는 것, 들리는 것과 들리지 않는 것. 직선과 곡선,

아름다움과 추함, 밝음과 어둠, 선과 악, 이 모든 것들이 서로 다른 둘이 아니라 '하나'의 양면이라는 것, 세상은 빛이며 동시에 그림자로 이루어져 있다는 시인의 시세계 전체를 관통하는 시 정신을 이미 이 시행(詩行)은 보이고 있다. 전반기의 시「장자의 새」의 첫 연과 마지막 연, "보이지 않음으로 아주 크다는/장자의 새여."와 "너도 보이지 않음으로/하늘이 되어라." 도 마찬가지 맥락에서 읽으면 된다. 그리고 이러한 '불이(不二)'의 정신은 후반기 시에서는 겉으로 드러나기보다는 시편 전체에 녹아들어 있다.

다시「바다 일기」, '1'의 첫 연과 '6'의 마지막 연을 보자.

"바람 한 갈피/흰 모래밭을 파헤치고 있었다."
"바다는 모래밭에서/다시 깨어나고 있었다."

이 시는 '바람/모래밭→생선 비늘/해파리→목선/돛대→바다(파도)→부두→바다/하늘→모래밭' 즉, 모래밭의 바람에서 바다로 하늘로 나아가지만, 작용하는 힘이 원심력이 아니라 구심력인 듯하다. 시가 하늘/바다로 펼쳐지는 게 아니라 출발점으로 끌려당겨지는 느낌, 확장/확대가 아니라 축소/미세지향의 기운이 시를 감싸고 있는 느낌을 받는다. 이는 '작은 것', '작은 세계'에서 시선을 거두지 않는, 신 시인의 전반기 시들의 특징이다. 이에 비하면 후반기 시들에서는, 후술할 텐데, '호방(豪放)함'이 몸으로, 정신으로 읽힌다.

2
시인의 전반기의 시들로 엮인 〈2부〉의 시들은「풀꽃」연작시 5편,「민들레가 민들레에게」, 「장자의 나비」, 「장자의 새」, 「나비」 연작시 2 편 등, 「바다 일기」(시 제목으로는 큰 이미지일 듯하지만, 실제로는 그런 시가 아니다)를 빼면, 모두가 작은 것들을 다루고 있다.

걸어서 갔지만 큰 꽃들은
보이지 않았다.
민들레, 패랭이, 꽃다지만 작열했다.
숨죽여 작은 손을 접어
인사를 했다.

공기 같았다.

—「풀꽃 1」 전문

큰 꽃들은
혼자 있지 않았다.
상처가 크기 때문이라고.
바람의 눈가를 적시는
각시풀만 홀로 있었다.
아주 작은 상처의
영혼들만
홀로 있는 거라고.

—「풀꽃 2」 전문

삶의 동행자는 민들레, 패랭이, 꽃다지, 각시풀 등 작지만 작열하는 것들이다. 우리는 자존(自存) 능력이 있는 작은 상처들과 함께 산다. 번개와 천둥, 폭풍과 한파 등 큰 것들은 대부분, 불행과 함께 무엇인가를 동반한다. 큰 것들은 우리를 질리게 하고 압도한다. 생명을 생명이게 하는 것은 보이지는 않으나 분명히 있는 것, 그것이 없으면 살 수 없는 것, "공기 같"은 것, "작은 상처의 영혼들"이다. 우리를 살게 하는 것은 그 상처들에서 말미암는 아픔, 슬픔 그리고 그리움이다.

작은 것에의 경배. 세상의 모든 것, 만물(萬物)은 둘이 아니라 하나이고 그것의 빛과 그림자라는 예의 「자연의 이치」를 깨우친 화자/시인이 「화두」 연작시편을 쓰는 것은 자연스럽다.

> 삽작 어귀도 쓸고
> 댓돌도 쓸고
> 방 안도 거울처럼
> 쓸고 닦았다.
> 벽 속의 달마가 말하기를
> 웬 쓰레기가
> 이리 큰 것이 앉았는고.

—「화두 2」 전문

> 오늘은 먹을 갈다가
> 맑은 달 하나

건졌습니다.
젖어 창호지에
걸었더니
지나가는 새가
발목을 적시고
갑니다.

—「화두 4」전문

"외딴집에게/말 붙여 보았더니/내 안에도 집 한 채가/저물고 있다 하네."(「외딴집」부분) 사람은 누구나 적어도 하나쯤은 업보를 안고 산다는 새삼스러울 것 없는 말을, 후반기 시에서도, 되풀이 하는 것은 그 당연한 것을 당연한 듯 잊고 살기 때문일 것이다. 내 안의 나는 버리지 못하면서, 밖에 있는 그 무엇들을 버린다 한들 '마음의 평화'는 어림없다. 그림 속의 달을 보고 지나는 새가 아는 체를 한다. 이는 그림 속의 달이 맑아서 뿐 아니라 그 달을 그려 넣은 사람의 영혼이 맑아서라는 데까지 우리의 시선이 미쳐야 시를 제대로 읽은 것일 터이다.

3

신승근 시인의 전반기 시들을 읽는 또 하나의 방식. 시인의 전반기의 많은 시는 시의 마지막 연에서 독자들이 예상 또는 수긍할 수 있는 방향으로 시가 마무리 되지 않고 짐짓 딴청을 부린다. 서술이 아닌 묘사로 마지막 연을 채우는 경우가 많다. 시「틈」은 그 좋은 본보기이다.

장작을 팬다.
정수리에서 마른 휘파람 소리가 난다.

결과 결 사이
틈이 있다.

그 속으로
혼신의 나를 밀어 넣으면
환하게
깨어진다.

깨끗하게 활강하는
휘파람새의
우아한 곡선.

―「틈」 전문

  아는 사람은 알지만 장작 패는 일이 생각처럼 쉬운 일은 아니다. 정신 바짝 차리지 않으면 큰 사고를 불러올 수 있다, 바짝 긴장해야 한다(1연). 모든 일이 그렇지만 장작을 잘 패는 사람은 장작의 결을 찾아내 그 사이 틈을 노린다(2연). 일도양단(一刀兩斷)의 정신으로 그 틈에 날을 박아 깔끔하게 끝장을 본다(3연).

  여기까지 따라온 독자는 스토리를 정리하는 서술형 한 마디가 마지막 연을 채울 것으로 예상하지만, 예상을 깨고 "깨끗하게 활강하는/휘파람

새의/우아한 곡선"이라는 서술이 아닌 묘사가 시를 마무리한다.

'휘파람새'는 첫 연의 '휘파람 소리'와 '깨끗하게'는 셋째 연의 '환하게'와 편을 먹는다. '활강하는'은 또한 셋째 연의 '밀어 넣으면'의 사후 움직임으로 읽을 수도 있다. 그럼 '우아한 곡선'은? 시집 『그리운 풀들』에는 '곡선'이 한자 '曲線'으로 되어있었다. 아마 시각적 강조를 위한 시인의 고의적 표기이었을 듯하다(한글로 표기한다고 누가 곡선을 모르겠는가). 이 시의 이미지는 이 마지막 행 이전까지는 몽땅 직선, 단단함, 쾌속이다가 마지막 행(마지막 연이 아니다)에 와서 부드러움과 곡선으로 반전하듯 바뀐다. 한 편 더 읽는다.

> 한 소리 들어가면
> 또 한 소리 나갑니다.
> 바다모래 썰리는 썰물 같다가
> 창천에 머리 심는 산울림 같다가
> 흐린 귀 씻어서 별이 되다가
>
> 끊어진 새 한 마리 수평으로 흐릅니다.
>
> ―「거문고」 전문

거문고 연주를 옮겨놓은 시답게 첫 연은 소리와 연관된 이미지를 펼치다 하늘의 밝은 별처럼 맑아져 그 소리를 제대로 듣는 귀를 갖게 되는 과정을 펼친다. 한 줄짜리 마지막 연은 이번에도 딴청이다. 하늘의 별까지 '상승하던'〈소리 이미지〉는 더는 날지 못하는 새로 바뀌면서 '사라지는'

〈시각 이미지〉로 바뀐다. 다음 시도 딴청 부리기는 마찬가지이다.

> 아우슈비츠에서도
> 아오지에서도
> 오월의 금남로에서도
> 피었던 풀꽃이
> 보이지 않는다고
> 보고도 보이지 않는다고
> 꽃 하나도 제 자리에 못 두는 이 땅에서
>
> 그러고도 너희들은.
>
> ─「풀꽃 3」전문

　어떤 어려운 처지에서도 꽃은 분명 피는데 우리는 틀림없이 피어나는 풀꽃을 못 본 체하고 있다(첫 연). "그러고도 너희들은"(마지막 연)을 통해 시인은, 차마 못 하지만 무슨 이야기인가를 하고 싶은 것 아닐까, 또는 도대체 그대들은 무엇을 하려고 하는가, 우리에게 묻고 있는 것 아닐까.
　이처럼 딴청 부리기 전까지 각각의 시편들은, 강도의 차이는 있지만, 하고 싶은 전언(傳言), 질문이 있음을 드러낸다. 그리고 예의 딴청을 부림으로써 시인은 '마지막 연'의 빈칸 채우기에 독자들이 참여하기를 권하고 있는 듯하다.

　신 시인이 '딴청 부리기' 그리고 '빈칸 채우기에 독자를 초대하기' 이 두

가지를 시작(詩作)의 한 방식으로 채택하고 있는 까닭은 무엇일까. 아마도 시집 『그리운 풀들』의 「자서(自序)」의 한 대목에서 그 답을 찾을 수 있겠다.

　나는 아무것도 사랑하지 않았다. 아무것도 사랑하지 않았으므로, 오히려 어떤 것이고 사랑하려 했다. 사랑의 대상, 혹은 대상으로서의 사랑 그 자체보다도 사랑한다는 행위, 그 행위의 형식이 더 중요하다고 믿었으므로. 그 형식이 질서지워지지 않았다고 생각될 때, 나는 사랑이라 말하지 않았다.
　이 시대의 형식은 언제나 뒤틀려 있다.

　시인은 시를 통해 세상의 한 단면을 정리 요약해서 보여주려 하지만, 딱 거기까지. 이제 어떻게 해야 할지 질문하고 답하는 것은 독자의 몫으로 남기고 있거나 함께 질문하고 답하자고 독자에게 권하고 있다. 시인의 그런 시론에는 나도 한 표 던지는데, 세상의 모든 문제 가운데, 무엇을 해야 하는지 답이 나와있지 않은 것은 거의 없다. 문제는 무엇을 해야 하는지만 있지, 어떻게 해야 하는지가 없다. '어떻게'가 없는 답, 있으나마나한 해결책이기 십상이다. 모든 질문을 우리가 하고 그리고 '어떻게'를 제시하는 해결책도 우리가 찾아야 한다.

4
　이 세상
　모든 아름다운 곳에는

사람들만 앉았구나.

새들도 짐승들도

너무 눈부셔

비켜가는 그곳에.

—「욕망」전문

　이 시를 처음 만났을 때 나는 두 편의 시를 떠올렸다. "목욕한 물을 버릴 곳이 없다 온통 벌레들 울음소리"라는 오니츠라의 하이쿠와 미당의 시 「동천」이다. "내 마음속 우리 님의 고운 눈썹을/즈믄 밤의 꿈으로 맑게 씻어서/하늘에다 옮기어 심어놨더니/동지섣달 날으는 매서운 새가/그걸 알고 시늉하며 비끼어 가네."

　오니츠라의 하이쿠는 문 열고 목욕물을 버리려다 풀벌레 소리에 벌레들 물벼락 맞을까 버릴 물 가득한 양동이 들고 머뭇머뭇 노심초사하는 사람의 모습을 그리게 하고, 미당의 시는 하늘에 걸린 '고운 눈썹'을 덧낼까 주춤주춤 비켜가며 날으는 새들을 떠오르게 한다.

　'정선의 시인', 진즉 자연 속에 터 잡은 시인답게 신승근 시인은 사람들이 아름다움을 탐할 때, 새들과 짐승들은 여전히 그 아름다움을 해칠까 저어한다며 자연에서 멀어지기만 하는 세속의 정리(情理)를 안타까워한다.

　여러 시의 마지막 부분에서 딴청을 부림으로써 짐짓 분위기를 바꾸고 몸짓과 마음가짐을 새롭게 갖추고/갖추게 하던 시인은, "이제는 가야겠다 (…) 그러니까 이 책은/집으로 돌아가는 길 위에 바치는 헌사다"(시집, 『언젠가는 저 산의 문을 열고』의 「자서」 부분)라고 했듯 시편들을 대부분,

첫 행에서 마지막 행까지를 하나로 묶어, 단계적이라기보다는 '통째로' 또는 시작과 끝에서 반복적으로 또는 솔직하게 시인의 세계관 특히 자연관을 드러내고 있다.

> 나비 한 마리가 첨벙, 마당 안으로 뛰어든다.
> (중략)
>
> 나비 한 마리가, 세상을, 이리도 흔드는구나.
>
> — 「나비 한 마리가 세상을」 부분

> 흐르는 것이 어디
> 강물뿐이랴.
> (중략)
> 수류재, 너 나지막이
> 햇살 털며
> 앉았더라.
>
> — 「수류재」 부분

자기가 태어난 농경사회를 떠나 도시사회로 편입된 이력을 지닌 시인들, 그들은 주로 도시와 자연을 대비하며 도시의 비인간화 과정, 그리고 그 상태를 비판하거나 농촌, 도시 양쪽 모두 장단점이 있다고 양시양비론을 편다. 그도 아니면 무난하게 농경사회를 그리움의 대상으로 삼는다. 인용한 시구들을 보면, 이런 시인들과 신승근 시인은 다르다. 신 시인은 말

그대로 래디컬하다. 농경사회로 돌아와 자연친화적 삶을 생활의 기본 패턴으로 삼으면서 이제, 딴청을 부려가며 옷깃을 여미고 매무새를 가다듬고 자연의 편을 들 필요가 없어진 것이다. 그냥 자연 속에 들어왔으니까. 시인으로서든 사람으로서든 '신승근'이 이미 자연이다. 시인의 말이다. "산과 마주 앉는 시간들이 있었다. 한때는 대결하듯 눈을 부라리며, 한때는 그 웅혼함에 무릎을 꺾으며 저 산들을 바라보는 날들이 있었다. 그러나 이제 조금은 알 것 같다. 내 안에도 산 하나가 자라고 있다는 것을. 어디 그뿐이겠는가. 내 영혼을 송두리째 잡아 흔드는 통렬함 또한 그 안에 있었다."(『언젠가는 저 산의 문을 열고』)

> 느릿느릿 타 들어오는
> 저녁 햇살에 눈썹 태우며
> 오늘도 다 지나가는구나, 하는데
> 생애가 반듯했던 집들의 햇살은
> 어땠을까.
> 기대인 벽조차 스멀스멀
> 등뼈 사이로 스며드는 저녁.
> 흥건히 젖은 시간 위에 엎드려,
> 그리운 것들은 다
> 저 바람 속에 얹어두고
> 나, 오랫동안
> 이대로 있어도 좋겠다.
> 누추한, 그러나 행복한 생애였다고

말할 그날에도

천천히 흘러가는 햇살 속이라면

나, 느릿느릿 걷고 또

걸어가겠다만.

—「누추한, 그러나 행복했던」 전문

　시의 삶과 자연의 삶이 하나가 된 모습을 이 시는 보여준다. "누추한"을 '곤궁한' 쪽으로 읽을 독자는 없겠다. 사전적 의미와는 상관없이 누추한 삶은 수수한, 검박한 삶, 자연의 섭리에 맞는 삶을 떠올리게 한다. "느릿느릿, 스멀스멀, 반듯한, 스며드는 저녁, 흥건히 젖은 시간, 흘러가는 햇살 속"이 모두 '자연스러움'의 다른 말로 읽힌다. 『문심조룡』의 "구름과 노을이 아로새기는 빛깔"을 변주하면 바로 이 시에 들어있는 리듬과 비슷하지 않을까 싶다.

　그리고 "천천히 흘러가는 햇살 속이라면/나, 느릿느릿 걷고 또/걸어가겠다만"은 이승에서 살아갈 남아있는 날들의 모습을 귀띔하는 대목이기도 하다. 시인은 다른 자리에서 "어느 날, 돌아가 함께할 시골집에서 문살에 창호지를 다 발라놓고 저녁 빛이 어떤 색깔일까, 바라본 적이 있다. 기댄 벽조차 등뼈 사이로 흐물흐물 스며드는 저녁이었다. 저녁 햇살이 늦은 걸음으로 이제 막 살문 위를 빠져나가는 것을 바라보며 생각했다.//저 저녁 빛처럼, 남은 생애를 느릿느릿 걷고 또 걸어가 보았으면"(『언젠가는 저 산의 문을 열고』 중 「시인의 말」 부분)이라고 이를 다시 다짐하기도 했다.

5

도원(정선의 옛 이름), 옥갑사, 계룡잠, 갈왕산, 상원산, 동강, 노추산, 구절리, 수류재……. 모두가 정선의 지명들이다. 시인이 기왕의 시집들의 '자서' 등을 통해 밝힌 바 있지만 그는 이미 원래의 집, 자연으로 돌아와 있다. 정선의 지명들이 시편들의 제목이 되는 행운을 누리게 된 것은 문명의 대결점에 그 지명들이 서있어서가 아니라 그냥 온전한 자연의 모습을 지니고 있기 때문이겠다. 무늬만 농경사회/자연예찬론자 시인들에게서와 달리 신 시인에게 '자연'은 더 이상 상대적인 존재/개념이 아니다. '문명사회'도 마찬가지, '자연'과 대비되는 존재/개념이 아니다.

〈1부〉의 시들은 정선에 대한 오마주이고 동시에 자연이 시인의 집이고, 시인 그 자체임을 보여주는 시들이기도 하다.

저 강물 속에 꽃이 핀다.

구름 지나가는 자리마다 청자 빛 하늘이 떠오른다. 줄지은 자작나무 숲을 헤치며 피라미 떼가 검은 산 밑을 뚫고 간다. 구름 속에서는 산수유도 핀다.

길 아닌 길이 저 강물 속에 있다.
그 길로 들어가면 흔적 없는 발자국만 남겠지. 그러나 갈 수 없는 물의 나라.
엎드린 채 손을 저어 본다. 작은 물결이 풍경을 지우며 강을 건너간다. 그런 다음 다시 길이 열리고, 뜬금없이 일그러진 얼굴 하나가 떠오른다.

　　우리가 저 강물처럼 흐를 수만 있다면,
　　우리가 저 강물처럼 적요할 수 있다면
　　저 밑바닥, 가라앉은 풍경 속에서도 오랫동안 머무를 수 있으리니.

　　그러나 우리는 지금 물 밖에 있다.
　　　　　　　　　　　　　　　　　　　—「우리가 저 강물처럼」 전문

　　현자들뿐 아니라 권력자들도 물에 비치는 세상의 모습을 보며 이상향을 동경한다. 스페인의 그라나다, 알함브라 궁전의 아라야네스 정원. 술탄은 건물 안 제 자리에 앉아 정원의 연못에 비치는 화려한 궁전, 현실에도 있고 물속에도 있는(물론 거꾸로이지만) 궁전의 모습을 보며 자기가 바라는 세상이 실현되기를 꿈꾸었겠다. 내가 술탄이 앉았던 자리에서 무릉도원 못지않은 이 연못의 풍경을 보며 떠올린 게 바로 이 시인데, 어느새 나는 이 시를, 내 나름이지만, 깊이 이해하고 있었다. '피라미 떼가 자작나무 숲을 헤치는 세상, 구름 속에 산수유가 피어나는 세상'이 돌연, 눈앞에 펼쳐졌다. '아직은 자연 밖에 있지만 자연 속에서 자연이 되어 살아갈 날을 시인은 꿈꾸고 있다. 아직은 "갈 수 없는" 곳이지만 "강물처럼" 흐르고 적요해지는 날 자연과 하나 된 삶을 살 것이다.' 이렇게 이 시를 읽었다.

　　자연과 하나 된 삶, 그 맥락 위에 「신화」 연작시편들이 자리 잡는다.
　　세상에 무슨 큰 변고가 생긴 게 틀림없다. 젊은이들은 끌려가고 요행히

피한 젊은이들은 "안개 속으로 사라"진다. 늙은이와 아이들만 남았고 자고나면 빈집이 늘어간다. 사람들은 신화 속의 '굴 속 도원경' 계룡잠을 찾아 나선다.

〈골짝 어디쯤 계룡잠이 있다. 비결을 좇아 많은 사람들이 찾아들었다. 누구는 선연仙緣이 있어 계룡의 울음소리를 들었다. 방사方士들이 모여들어 불사약을 다리는 연기가 드높다.〉

세상이 참절할수록 계룡잠은 자욱한 안개를 우리 앞에 끝없이 펼쳐 보이리라.

— 「신화 1 — 계룡잠鷄龍岑」 부분

상원산, 십승지(十勝地)의 하나로 피병(避病)의 땅, 수미산만큼이나 신성한 땅이다.

〈태초에, 천지개벽 시에 이 세상이 모두 물에 잠겼을 때에도 상원산 꼭대기는 꼭 숫돌만큼 남았었느니. 그래서 숫돌봉이라고도 부르는 것이고. 지금도 산꼭대기에는 조개들이 보이니 틀림이 없는 말일 터.〉

언젠가는 저 산의 문을 열고 입산할 때가 있겠지요.

— 「신화 4 — 상원산上元山」 부분

"선연仙緣", "태초", "천지개벽", "방사", "불사약", "신령/여신령", "호랑이", "영산靈山", "귀 달린 뱀", "무량수전" 등 「신화」 시편의 세계에 들어오면서, 시어로 선택된 어휘들은 그 스케일을 키우며 개인의 영역에 머물던 시세계는 그 너머를 향한다. 이쯤에서 내가 이렇게 질문하는 것은 적절하다. 자연으로 귀환하면서 시인은 왜 '신화'를 꺼내 들었을까. 시인에게 '신화'란 무엇일까. 시인의 말의 한 대목이다.

"신화는…… 중심에 이르려는 인간 정신의 지향점이기도 하다. 내가 '돌아감'의 정서에 끝내 사로잡혀 있었던 것도 그런 연유에서일 것이다.
　신화가 사라진 시대는 조악하다. 원심력만 있고, 구심력이 없기에 뿔뿔이 각개 약진으로 달아나서는 아집의 성을 구축한다."(『언젠가는 저 산의 문을 열고』)

이미 말한 적이 있지만 신 시인의 시들을 꿈틀거리게 하는 힘은 구심력이었다. 그러나 그 사실에 기대어 신 시인이 원심력의 활동을 부정한다고 단정 지으면 안 된다. 「신화」 연작시편에 이르면 이제 그의 시들은 원심력을 한껏 활용하고 있는 듯하다.

　산머리가 이고 서 있는 저 구름 속 어디, 자네조차 허물을 벗고 있는지. 아무리 누추한 집이라 한들 버릴 수 없는 우리네 육신이 아니던가. 몸은 내가 아니라 내 것이니, 훌훌 벗어 던지자는 그대의 말. 난 아직 알 수가 없네.
　　　　　　　　　　　　　　　　　　　　—「신화 2 — 갈왕산葛王山」 부분

간밤에는 누운 석불마저 모두 일어나, 무량수전 앞뜰에 모여 뒤숭
숭한 세상사를 근심했다는데,

　석굴암은 미처 오지 못해 고개만 외로 꼬고 있었다던가.

　수심 가득한 얼굴이었다던가.

―「신화 3」 부분

「신화」 시편의 시들은, 구심력, 원심력 가운데 어느 하나가 아니고 둘이
함께, 균형 있게 작동하는 수준에서만 만들어질 수 있었을 텐데, 이런 시
구들을 보면 자연과 하나가 된 화자/시인은, 개인의 시정(詩情)을 드러내
는 차원을 넘어 자연의 귀중한 속성 가운데 하나일 '호방'한 품성으로 세
정(世情)을 바라보며 그로 말미암아 시들도 호방함을 갖추게 된 듯하다.
개인의 시정과 세정, 원심력과 구심력, 함축과 호방을 섞어 잘 벼려낸 시
가 바로 「신화 5」이다. 전문을 적는다.

　할머니가 시집을 오실 적에 그 집을 지키던 지킴이 구렁이가 따라
왔더랍니다. 보리밭이 좍 갈라지더랍니다. 한 아름은 실히 넘고, 귀까
지 달렸더랍니다.

　또 어떤 사람은, 그게 아니고, 시집온 한참 뒤에 할머니 친정집에
불이 났었는데, 지킴이 두 마리 중 한 마리는 마루 밑에서 미처 빠져
나오지 못하고 불에 타 죽으니 나머지 한 마리가 눈물을 흘리면서 우
리 집으로 할머니를 찾아오는데, 보리밭이 마치 가르마 타듯 두 갈래
로 갈라지더랍니다.

그 뒤로 우리 집은 날로 번창했답니다. 통시에 기와도 올리구요. 통시에 기와를 올린다는 것은 엄청 잘산다는 얘기거든요. 아무튼 그때부터 우리 집은 가히 신화적이 되었습니다. 우리 집 소를 세는 것보다 콩 한 되를 엎어놓고 헤아리는 것이 빠르다거나, 우리 집 소들의 고삐를 이어놓으면 서울까지 가고도 남는다는 둥. 하여튼 요란하였습니다.

그것이 모두 우리 집 지킴이 덕이랍니다.

거친 생을 사는 사람들에게는 때론 신화가 삶의 버팀목이 된다는 것을 나는 압니다.

―「신화 5」 전문

다른 「신화」 연작시편들과 달리 이 시는 한 집안에 전해오는 이야기를 시화한 작품이다. "통시"(변소의 옛말)에 기와를 올렸을 만큼 부자였던 것은 사실일 수 있겠다. "우리 집 소를 세는 것보다 콩 한 되를 엎어놓고 헤아리는 것이 빠르다거나, 우리 집 소들의 고삐를 이어 놓으면 서울까지 가고도 남는다"는 전설 속의 허풍일 이 대목에서는, 넉넉함과 여유로움을 넘어 자연의 속성의 하나인 호방함이 읽힌다.

「신화 1」의 마지막 연/행, "세상이 참절할수록 계룡잠은 자욱한 안개를 우리 앞에 끝없이 펼쳐 보이리라"는 어려운 시절, 왜 '신화'가 필요한지를 어렴풋하게 알게 하는 시구인데 비해 「신화 5」의 마지막 연/행, "거친 생을 사는 사람들에게는 때론 신화가 삶의 버팀목이 된다는 것을 나는 압니다"는 뚜렷이 그것을 알게 하는 시구이다. 이 뻔한, 이 지나친 친절함을 시인이 몰랐을까. 시인 자신의 시학과도 어긋날 시작(詩作)을 시인은 어째서 감행했을까. 한 행짜리 마지막 연을 뺀 시행들에 들어있는 예의 은성(殷盛)함을 넘어선 호방함은 한 집안에 국한된 것이었는데, 이 마지막 연을 덧붙이며 시를 마감함으로써, '호방함' 같은 성향을 개인을 넘어서 보편적인 성향으로 확산시킨다. 개별/특수에서 시작하여 보편의 세계에서 끝내는 글쓰기의 한 방식을 시인도 빌려 쓴 것이 아닐까.

신승근 시인은 "오랜 교사 생활을 접고 자급자족의 농사꾼으로 편입"하여 이미 오래 전부터 정선에서 자연과 하나 되어 살고 있다. 그 안에서 이루어졌을 '정선에 대한 경배'인 「신화」 연작시편 이후의 시인의 시 세계는 어떤 모습일까. 어떻게 변했고, 시인은 그 세계를 어떻게 확장시켰을까.

머지않아 시인의 신간 시집을 볼 수 있기를, 나는 기대한다.

저 강물 속에 꽃이 핀다

1판 1쇄 인쇄	2018년 3월 20일
1판 1쇄 발행	2018년 3월 30일

지은이	신승근
발행인	윤미소
발행처	(주)달아실출판사

기획	박제영
편집디자인	안수연
마케팅	배상휘

주소	강원도 춘천시 서부대성로 48번길 12, 2층
전화	033-241-7661
팩스	033-241-7662
이메일	dalasilmoongo@naver.com
출판등록	2016년 12월 30일 제494호

ISBN   979-11-88710-09-6   (03810)

· 이 도서의 국립중앙도서관 출판예정도서목록(CIP)은 서지정보유통지원시스템
  홈페이지(http://seoji.nl.go.kr)와 국가자료공동목록시스템(http://www.nl.go.kr/kolisnet)에서
  이용하실 수 있습니다. (CIP제어번호: CIP2018006098)
· 잘못된 책은 구입한 곳에서 바꿔드립니다.
· 책값은 뒤표지에 표시되어 있습니다.